Cómo se mueve el calor

Sharon Coan, M.S.Ed.

Asesoras

Sally Creel, Ed.D.
Asesora de currículo

Leann Iacuone, M.A.T., NBCT, ATC
Riverside Unified School District

Jill Tobin
Semifinalista
Maestro del año de California
Burbank Unified School District

Créditos de imágenes: Portada y pág.1 Fuse/Getty Images; págs.6 (superior), 12–13 iStock; pág.11 Mike Tauber/agefotostock; págs.18–19 Kayte Deioma/Alamy; pp.20–21 (ilustraciones) Janelle Bell-Martin; todas las demás imágenes cortesía de Shutterstock.

Teacher Created Materials
5301 Oceanus Drive
Huntington Beach, CA 92649-1030
http://www.tcmpub.com

ISBN 978-1-4258-4650-3

Printed in Malaysia
Thumbprints.42805

Contenido

Un día frío

Hace frío afuera. Pero quieres jugar. Usas un abrigo. Juegas mucho y sientes calor. Entonces, te quitas el abrigo.

Luego, descansas. Pero pronto vuelves a sentir frío. ¡Te pones el abrigo!

Moléculas y energía térmica

¿Por qué el calor del cuerpo cambia? Para averiguarlo, debes aprender sobre las **moléculas**.

¡Tú también!

¡Incluso tú estás formado por moléculas!

Todas las cosas están formadas por diminutas partículas llamadas *moléculas*. No podemos verlas. Pero están allí y siempre se mueven.

El calor es la **energía** de las moléculas en movimiento. Cuando estas se mueven rápidamente, están calientes. Cuando se mueven lentamente, están frías.

Las moléculas en esta olla se mueven rápidamente.

Las moléculas en movimiento chocan entre sí. Cuando lo hacen, comparten su energía.

Las moléculas en estos témpanos se mueven lentamente.

¿Qué sucede cuando las moléculas frías y las calientes chocan? Las moléculas calientes **transfieren** parte de su energía a las moléculas frías. Transferir es compartir.

El agua caliente hace que se caliente la comida.

Medir el calor

Usamos un **termómetro** para medir el calor.

Las moléculas calientes reducen su velocidad. Se enfrían. Las moléculas frías se aceleran. Se calientan.

El helado hace que te sientas más fresco.

Tus moléculas se mueven más rápido cuando juegas duro. Esto te acalora.

Estos niños se acaloran mientras corren.

Tus moléculas transfieren la energía térmica al aire a tu alrededor cuando descansas. Tus moléculas se desaceleran. Te enfrías.

Esta niña se enfría cuando descansa.

Calor en movimiento

Algunas cosas transfieren calor rápidamente. Esto significa que **conducen** bien el calor.

Un buen conductor mueve el calor con facilidad. El metal es un buen conductor.

Otras cosas no transfieren bien el calor. Son malos **conductores**.

La tela es una mala conductora. Es difícil que las moléculas en tu cuerpo muevan las moléculas de tu abrigo.

Así, el calor permanece en tu cuerpo. Este es el motivo por el que usamos ropa adicional cuando hace frío.

Estas niñas permanecen cálidas porque usan abrigos.

Calentamiento

Dejas de jugar y vas adentro. Tu mamá te da una taza de chocolate caliente.

Pones las manos alrededor de la taza. ¿Puedes sentir la transferencia de calor a tus manos frías?

El calor del chocolate se transfiere a las manos. Las sientes más tibias.

¡Hagamos ciencia!

¿Qué puede hacer que un cubo de hielo se derrita más lentamente? ¡Intenta esto y verás!

Qué conseguir

- cosas para envolver cubos de hielo, como papel de aluminio, tela y una bolsa de plástico
- cronómetro
- cubos de hielo
- recipiente de plástico

Qué hacer

1. Envuelve cubos de hielo en diferentes cosas.

2. Coloca cada cubo de hielo envuelto en el recipiente.

3. Espera media hora. Luego, observa los cubos de hielo. ¿Qué ves? ¿Cuál se derritió menos? ¿Cuál se derritió más?

4. Escribe qué crees que pasó y por qué.

Glosario

conducen: permiten el paso de calor

conductores: cosas que permiten que el calor pase a través de ellas

energía: la capacidad de hacer un trabajo o de estar activo

moléculas: partes diminutas que componen todas las cosas

termómetro: una herramienta para medir la temperatura

transfieren: pasan de una cosa a otra

Índice

¡Tu turno!

Lo correcto

¿Qué tipos de alimentos calientes comes? ¿Qué tipos de alimentos fríos comes? ¿Comes más alimentos calientes o fríos? Lleva un diario de los alimentos calientes y fríos que comes en un día.